www.tredition.de

AF196168

Beatrice Borchert

Carro

Geschichten und Gedichte zur Selbstfindung

www.tredition.de

© 2021 Beatrice Borchert

Autor: Beatrice Borchert
Umschlaggestaltung, Illustration: Beatrice Borchert

www.lebensfreude-entdecken.de
www.werthvolle-schmetterlinge.de

Verlag und Druck:
tredition GmbH, Halenreie 40-44, 22359 Hamburg

ISBN
Paperback: 978-3-347-24546-4
Hardcover: 978-3-347-24547-1
e-Book: 978-3-347-24548-8

Bibliografische Information der Deutschen Nationalbibliothek:

Die Deutsche Nationalbibliothek verzeichnet diese Publikation in der Deutschen Nationalbibliografie; detaillierte bibliografische Daten sind im Internet über http://dnb.d-nb.de abrufbar.

„Ich selbst bin die Veränderung
die ich mir für die Welt wünsche."

(unbekannt)

Carro

Es war einmal ein Drache. Es war noch ein ganz junger Drache. Erst vor ein paar Tagen war er aus einem Ei geschlüpft. Seine Haut war wunderbar geschuppt. Sie glänzte und leuchtete rot und orange und gelb. Der Drache konnte Feuer speien, hatte Flügel, einen langen Schwanz und vorn auf seiner Stirn trug er als Zeichen einen kleinen goldenen Stern. Der Name des Drachen war Carro. Carro lebte in einem Gebirge. Ein Gebirge von sagenhafter Schönheit. Hohe, schneebedeckte, schroffe Felsen gingen über in sanft abfallende mit Flechten und Moosen bewachsene Hügel. Tief unten gab es Täler in sattem Grün mit Blumen in allen Farben und Formen. Das Gebirge und der Drache waren eins. Der Drache war schön, weil das Gebirge schön war und das Gebirge war schön, weil der Drache schön war. Und weil es in dem Gebirge, in dem Carro lebte so schön war und weil Carro so ein lieber Drache war kamen oft fremde Wesen zu Besuch. Der Drache liebte diese Wesen. Und er wollte auch von ihnen geliebt werden. Und deshalb durften diese Wesen auch viel von ihrem eigenen Ballast im Gebirge des Drachen abladen. Dieser Ballast war sehr oft dunkelgrau und schmutzig und passte so gar nicht in die schönen Berge und zu Carro. Aber da Carro wollte, dass die Wesen weiterhin zu ihm kamen sagte er nichts dazu, sondern ließ sie weiter gewähren. So ging es eine ganze Zeit.

Und mit der Zeit türmte sich der Ballast in allen Ecken und Tälern des schönen Gebirges. Kein Platz war mehr für sattes Grün oder Blumen in allen Farben. Der Ballast kletterte die mit Flechten und Moosen bewachsenen Hügel hinauf. Und machte auch vor den schneebedeckten schroffen Felsen nicht Halt. Durch das Gebirge zog sich bald ein dunkler Schleier.

Es war, als wenn die Sonne verdunkelt wurde. Und dadurch, dass das Gebirge sich verschleierte, die Sonne sich verdunkelte, glänzte und leuchtete auch Carros Haut nicht mehr. Sie wurde stumpf. Der Drache wurde genauso grau und schmutzig wie der Ballast. Ein dunkler Schleier bedeckte seine bernsteinfarbenen Augen, in denen die Sonne oft die Farbe eines Waldsees gezaubert hatte. Carro ging immer gebückter und konnte auch nicht mehr fliegen. Denn zum Fliegen musste er aufrecht gehen. Aber der Ballast drückte auch auf ihm, so wie er auf dem Gebirge drückte. Carro hatte jetzt oft das Gefühl einsam zu sein und leer. Die Wesen kamen nur noch selten zu ihm. Oft war ihm jetzt auch kalt. Das kannte er gar nicht. In ihm war doch immer so viel Wärme und Feuer gewesen. Und damit er nicht mehr so fror und ihn auch niemand mehr besuchen kam baute er sich in die dicken Felsen eine Höhle und verschloss den Eingang mit einem noch dickeren Felsen. Nur ein kleines Guckloch ließ er offen. Die Jahre vergingen. Carro hatte gehofft, dass die Wesen ihren Ballast wieder abholen würden. Sie mussten doch sehen, dass es ihm damit nicht gut ging. Aber niemand kam und räumte auf. Oft war jetzt sehr schlechtes Wetter im Gebirge. Es regnete. Manchmal schneite es auch. Kalt war es. So kalt, wie er selbst sich fühlte. Nur sehr selten sah er die Sonne. Wenn ein ordentlicher Sturm den Schleier kurz zerriss zum Beispiel. Vor seiner Höhle hatte sich während dessen ein kleines Flüsschen gebildet. Es musste durch die vielen Regen entstanden sein. Noch war es ganz jung. Aber Carro fühlte sich von dem Flüsschen bedroht. Ganz bestimmt wird das Flüsschen ein Fluss. Und dann spült das Wasser in seine Höhle. Er wollte seinen Platz nicht mit dem Wasser teilen. Wasser ist immer in Bewegung. Kennt keine Grenzen. Verändert alles. Und es gräbt sich ohne Unterlass in die kleinsten Winkel. Dadurch könnte es Dinge zum Vorschein bringen, die Carro lieber für sich behalten wollte. Der Drache wollte für sich allein sein. Zu sehr hatten ihn die Wesen damals verletzt. Vielleicht ist es mit dem Wasser genauso.

Immer wieder sah er durch sein Guckloch. Wenn er etwas ändern wollte musste er aus seiner Höhle herauskommen. Seine eigene Grenze überschreiten, bevor es das Wasser tat. Er beobachtete weiter. Und eines Tages sah er an dem Wasser einen kleinen Drachen sitzen. Der sah ganz ähnlich aus wie er. Bevor dieser Ballast ins Gebirge gekommen war. Der Drache konnte ebenfalls Feuer speien, hatte einen langen Schwanz und vorn auf seiner Stirn trug er als Zeichen einen kleinen goldenen Stern. Wenn er sein Feuer im Fluss ausatmete während er darin schwamm, dann stieg wunderbarer Wasserdampf auf. Und Carro sah auch, dass der Flussdrache winzige Teile des Ballastes, der überall herumlag, aufsammelte und in den Fluss warf. Der Fluss nahm den Ballast mit. Und während der Ballast im Fluss schwamm verwandelte sich dieses schwere, graue Zeug in rote, orange und gelbe Sterne. Manche der Sterne blieben im Flussbett liegen. Andere stiegen in den Himmel hinauf und strahlten einen kurzen Moment lang hell auf. Das sah Carro gern. Wenn die Sterne den dunklen Schleier erhellten. Er fragte sich, warum der Fluss nur so winzige Teile in sich hineinließ. Es wäre doch viel einfacher, wenn er alles mit einer gewaltigen Welle fortreißen würde. Der Flussdrache schien genau zu wissen, was der Fluss brauchte. Zwischen den beiden war es genauso, wie zwischen ihm und seinem Gebirge. Einer lebte durch den anderen. Beide ergänzten sich. Liebten einander. So hatte Carro die Beziehung zu seinem Gebirge noch gar nicht gesehen. Und plötzlich erfasste ihn eine tiefe Sehnsucht nach seinem Gebirge. Nach der Schönheit und der Wärme und nach der bedingungslosen Liebe, die sie einander gaben. Da begann Carro zu weinen. Eine tiefe Trauer um ihn selbst und um sein Gebirge erfasste ihn. Er weinte viele Tage lang. Carro weinte so viel, dass die Tränen den großen Felsen aus seinem Höhlenausgang fortspülten. Und als Carro aufsah, da standen ganz viele Sterne am dunklen Schleier und um die Höhle herum war es sehr hell.

Er sah an sich hinunter und stellte fest, dass seine Tränen den Schleier von seinen Hautschuppen abgewaschen hatten. Seine Haut war wieder wunderbar geschuppt. Sie glänzte und leuchtete rot und orange und gelb. Der kleine goldene Stern auf seiner Stirn wies ihm den Weg zum Fluss. Er setzte sich an das Wasser neben den Flussdrachen. Carro sah einfach nur auf das Wasser. Es war klar und weich. Umspielte seine schuppigen Füße und liebkoste eine Flügelspitze, die er probeweise ins Wasser hielt. Plötzlich fühlte er sich nicht mehr einsam. Und ein warmes Gefühl füllte die Leere in ihm aus. Er wusste jetzt, dass der Ballast nicht auf einmal weggeschafft werden konnte. Denn jedes Stück des Ballastes gehörte zu ihm und zu seinem Gebirge. Aber jedes Stück Ballast konnte in einen leuchtenden Stern verwandelt werden und so das Licht, die Wärme und die Liebe zu ihm zurückbringen.

Sternenzauber

Der Mond streichelt mit seinem milden Licht die ruhige Haut des Meeres. Ausgedehnte flache Wellen breiten sich, kaum wahrnehmbar, auf der Oberfläche aus. Das Licht der Sterne funkelt auf diesen weichen Wellen wie unzählige Kristalle. Salzig und nach frischem Seetang duftend weht der milde Nachtwind über den Strand in den Wald hinein. Dort vereint sich der Duft mit den erdigen, weichen Rundungen der sonnengewärmten Erde. Die Sterne und das Mondlicht tauchen den Wald in ein mystisches mattes Halbdunkel. In Bäumen lassen sich Figuren erahnen. In Wurzeln und dichtem Buschwerk scheinen Augen zu glänzen. Er streicht durch den nächtlichen Wald. Vertraut seiner guten Nase und seinem Instinkt und schreckt manchmal doch unmerklich zusammen. Die Dunkelheit schützt ihn umhüllend und gleichzeitig ängstigt sie ihn. Den Tag verbrachte er in seiner Höhle. Schlief und träumte dabei. Von Schmetterlingen, mit denen er über eine bunte Blumenwiese tollte. Er liebt die wunderbaren Falter. Lebendig und unbeschwert lassen sie sich im Wind treiben und haben doch die Kraft, sich entgegen der Windrichtung im fliegen zu necken und zu scherzen. Zu zweit, zu dritt, zu fünft. Für den Augenblick lebend. Jetzt in der Nacht zieht es ihn zum Meer. Sein Fell glänzt seidig im Licht des Mondes. Seine Ohren sind gespitzt und aufmerksam beobachtet er mit Nase und Augen seine Umgebung. Dieser Duft. Er öffnet leicht sein Maul um ihn auch schmecken zu können. Wie wird das Meer ihn empfangen? Es ist so unbeständig. Er zog, nach langer Wanderung, neu in diese Gegend. Vorher lebte er in einer sandigen, kargen Landschaft die sich wenig veränderte. Das gab ihm Sicherheit. Irgendwann zog es ihn in diese Landschaft. Das Meer fasziniert ihn. Es ist Erfüllung und Rätsel zugleich. Erfüllend durch seine spritzige Lebendigkeit.

Durch den Reichtum, den es mit jeder Welle an Land spült.
Durch seine Kreativität, mit der es jeden Tag neue Formen in
den Sand malt. Rätsel durch seine Unbeständigkeit, durch seine
schnell wechselnden Launen, durch seine dunklen Tiefen, durch
seine seichte Oberflächlichkeit. Durch seine weichen sanften
Umarmungen und seine aufpeitschende schäumende Wut. Sieht
es so vielleicht auch in seinem Seelenmeer aus? In seinem Inneren? Fasziniert ihn deshalb das Meer? Weil er sich selbst erkennt? Ist er selbst oberflächlich, wenn er sich durch Details ab-
lenken lässt und das Wesentliche aus den Augen verliert? Kennt
er die Unbeständigkeit der Gefühle, die wandelbar sind und von
denen er sich deshalb manchmal geistig distanziert? Lebt er seine dunklen Tiefen aus, wenn er von seinen Instinkten und Trie-
ben beherrscht wird? Wie zeigt er seine weichen sanften Umarmungen, seine Verletzlichkeit? Gegensätze, Umwälzungen. Hin
und wieder hat er den Eindruck er würde sich häuten. Und mit
jeder alten Haut gehen Vorurteile, Werte, Normen. Diese Häu-
tungen stärken ihn. Schenken Selbstvertrauen und tiefe Einsicht
in die Seele. Er steht am Strand. Der weiche Sand drückt sich
kühl in die Spalten seiner warmen Pfoten. Ausgedehnte flache
Wellen massieren sanft den Strand und liebkosen dabei seine
Krallen und seine Pfoten. Das Meer scheint ihn zu locken. Fast
ist ihm, als nimmt er ein leises Rufen wahr. Langsam setzt er
eine Pfote vor die andere. Berührungen erfordern ein großes
Vertrauen. Sein Körper und dessen Bedürfnisse sind ein Tabu
und nur schwer lässt er sich berühren und gibt sich hin. Jetzt
berührt das Wasser sein Bauchfell. Das kribbelt in ihm und kühlt
ihn. Langsam gleitet er in das Meer. Das Meer streichelt sein Fell.
Trägt ihn leicht weiter hinaus. Dorthin, wo das Mondlicht gold-
silbern schimmert. Er trinkt von diesem Licht und spürt ein
leichtes Beben durch seinen Körper ziehen. Seine Pfoten durchdringen das salzige Wasser. Schlagen sanft und liebevoll hinein.
Stöhnt das Meer darunter auf? Er schnappt zaghaft und verspielt
nach dem Meeresspiegel.

Das macht Spaß und eine helle Freude steigt aus seiner Mitte auf. In seinem Übermut taucht er plötzlich in das Meer hinein. Wird fast gezogen und empfindet es als leises Saugen. Das Meer nimmt ihn komplett in sich auf. Kribbelnde Stöße, wie elektrische Wellen, durchziehen seinen Körper. Die Zeit bleibt stehen und der Mond umhüllt die Vereinigung mit einem weichen Schimmer. Er liegt auf dem Rücken und lässt sich treiben. Ist geborgen im Schoß des warmen Meeres und sieht in die Sterne. Unendliche Zeiten ziehen sie ihre Bahnen. Vereinen sich zu Bildern und wandern Seite an Seite über das Himmelszelt. Entstehen aus bunten hellen Nebeln, glühen auf und vergehen, wenn das Feuer ausgebrannt ist. Selten stoßen sie zusammen. Dann bildet sich aus dem Staub ein neuer Nebel und ein neuer Stern kann wachsen. Was ist zuerst? Der Tod oder die Geburt? Er betrachtet das leuchtende Schweigen am hohen Himmel. Fasziniert vom kosmischen Sein schließt er die Augen und spürt die zärtliche, liebevolle Einheit zwischen sich und dem Meer.

Auf der blauen Wiese

Ein Zitronenfalter schaukelt durch den erwachenden Tag. Ein sanfter Wind treibt ihn in Richtung Meer. Unbeschwert und voller Neugier lasst er es geschehen. Wohin führt der Weg? Es ist so leicht im Fluss des Windes zu gleiten. Die frühen Sonnenstrahlen treffen auf seinen gelben Flügelstaub. Durchdringen die Flügel und lassen die feinen Adern erkennen. Zart ist der Falter. Endlos zerbrechlich und gleichzeitig zuversichtlich in seinem selbstvergessenem Flug. Ein Streifen Grün liegt unter dem Schmetterling. Grün, Weiß und Blau, so zieht sich die Landschaft viele Kilometer lang, scheinbar grenzenlos zu beiden Seiten, in die Weite. Das Grün fächert sich beim Näherkommen auf in zahllose verschiedene Nuancen. Die unwirkliche Vielfalt lässt den Falter beschwingter die Flügel schlagen. Ein feiner zitronenfarbener Duft zieht ihn an. Geschickt steuert er auf Zweige in einer strauchigen Hecke zu. Die verdornten Zweige kleiden sich mit den Schuppen eines Fisches und lassen die hohen Sträucher silbergrau erscheinen. Der leise Duft von Zitronen schwebt über kleinen Blüten. Kurze Stiele, Armen gleich, halten gelbliche Kugeln in ihren geöffneten, die Sonnenstrahlen einfangenden Händen. Kleine, bronzene Schwerter schützen die jungen Kugeln. Der Schmetterling lässt sich gefühlvoll auf einer Kugel nieder. Vor ihm, auf einem Schwert hat sich ein Tautropfen gebildet. Ein Sonnenstrahl bricht sich in seiner Feuchtigkeit. Sanft liebkosen sich Wasser und Feuer. Reiben aneinander, tanzen gemeinsam, geben einander frei um sich in einem tiefen, sinnlichen Kuss zu einem Regenbogen zu vereinen. Warmes Glück durchflutet den Zitronenfalter. Die sanfte Schwingung des Regenbogens erreicht ihn. Liebe und das Gefühl des Einseins wiegen ihn in Geborgenheit. Voller Vertrauen spreizt er seine Flügel. Bereit, sich von den Strahlen der Sonne, dem weichen Feuer streicheln zu lassen.

Das warme Streicheln erregt den Falter und er senkt seinen Rüssel in die Tiefe der Blüte. Tief atmet er den zitronenfarbenen Duft und nimmt etwas Pollen auf.

Freunde

Ein Fisch und ein Krebs leben in einem Fluss. Dort, wo sie leben, strömt der Fluss am Fuße einer Bergkette entlang. Die Berge bestehen aus schroffen Felsen und saftigen Wiesen. Oft bekommen der Krebs und der Fisch Besuch. Der Stier und der Steinbock kommen dann zum Fluss hinunter. Die vier sind gute Freunde. Jeder von ihnen sieht die Welt mit seinen Augen und gemeinsam ergänzen sie sich in ihrem Wachstum. Der Steinbock, indem er klar, verantwortungsvoll und ausdauernd ist. Der Krebs, indem er das Leben beseelt, Gefühle wahrnimmt und ausdrückt und den Zugang zu den Träumen findet. Der Stier, indem er naturverbunden, leiden-schaftlich und sinnlich ist. Der Fisch, indem der phantasievoll und naturverbunden ist und selbstlos liebt. Jeder von ihnen ist wertvoll und etwas Besonderes. Einmal am Tag geht der Krebs ans Ufer um andere Nahrung zu finden als im Fluss. Er krabbelt auf dem Boden des Flusses entlang in Richtung Ufer. Langsam und vorsichtig, eher seitlich gehend. Er lugt aus dem Wasser und sieht dort einen fremden Krebs. Dieser ist dunkel, hat große Scheren und scheint alles genau zu beobachten. Der Krebs im Fluss erschreckt sich und läuft ängstlich zurück in die Tiefe des Flusses. Dabei stößt er mit dem Fisch zusammen. „Wohin so eilig lieber Krebs?" fragt der Fisch. „Am Ufer ist ein fremder Krebs und vor dem habe ich Angst." antwortet der Krebs. „Warum?" interessiert sieht der Fisch den Krebs an. „Ich fürchte mich vor seiner dunklen Schale, seinen großen Scheren und seinen stechenden Augen." „Dann ängstigst du dich vor dir selbst und läufst vor dir selbst davon." erwidert der Fisch. Der Krebs wird nachdenklich. Und stimmt dem Fisch zu. Also geht er noch einmal zurück und versucht es erneut. Diesmal hat er Respekt vor dem anderen Krebs. Er grüßt ihn und gemeinsam kommen sie ins Gespräch.

Sie tauschen sich über den Fluss, die Berge, über Ängste und Freundschaft aus. Der Fisch, der Steinbock und der Stier kommen dazu und zusammen erzählen sie bis in die Nacht hinein. Sehen gemeinsam die Sonne untergehen und den Mond aufgehen. Und entdecken wunderbare Sternenbilder am Himmel.

Danke, dass Du da bist. Ich liebe Dich.

Wandlung

Winziges Ei liegt im warmen Sand,
die Art oder Rasse ist unbekannt.
Rollt hin, rollt her,
pick, pick, pick; „…ist da wer?"

Schon springt auf die Schale
und wie in einem riesigen Saale
fühlt sich das Wesen verloren.
Allein und ohne Mutter geboren.

Hohe Berge, Zinnen gleich
umgeben das Wesen in seinem winzigen Reich.
Es fehlt die unermessliche Weite.
Es fehlt die einladende Breite.

Einsam hüpft es auf und ab.
Hat die Plackerei bald satt.
Tränen fallen, Blättern gleich
und bilden bald einen winzigen Teich.

Das Wesen spiegelt sich darin.

Es sieht die Tränen fließen zu seinem Kinn.

Von dort aus fallen sie in den Teich.

Des Wesens Knie werden weich.

„Bunt bin ich mit weichem Gefieder!"

„Singen will ich fantastische Lieder!"

„Aufsteigen will ich ins Himmelszelt!"

„Will alles wissen über diese Welt!"

„Du bist MEIN und du bleibst HIER!!!"

Hört es ein schreckliches Ungetier.

„Dieser winzige Ort ist deine Welt!"

„Einfach, weil es mir so gefällt!!!"

Das Wesen schluckt,

und angstvoll zuckt

sein buntes weiches Gefieder

immer wieder auf und nieder.

Wie entweichen? Wie entkommen?

Das bunte Wesen ist benommen.

Kann kaum atmen. Kann kaum sprechen.

Will sich einfach nur erbrechen.

Die endlosen, dunklen Jahre vergehen.

Zwischen Wesen und Untier ist kein Verstehen.

Das Wesen wächst, wird prächtig und groß

in der Nähe des Untiers starrem Schoß.

Und eines Tages trifft das Wesen ein Licht.

So hell und strahlend; und es bricht

der Panzer um des Wesens Herzen.

Im Widerhall von tausend Schmerzen.

Schreiend erhebt es sich in die Luft.

Das Untier schießt aus seiner Gruft.

Will es packen, will es greifen,

und verschluckt sich dann beim keifen.

„Freiheit, Freiheit jetzt kann ich Dich fühlen!"

Das Wesen ist voll von glückseligen Schüben.

Es kreist am Himmel unendliche Runden.

Es weint vor Glück unzählige Stunden.

„Jetzt finde ich Wahrheit!"

„Jetzt finde ich Klarheit!"

„Bunt und schillernd ist mein Gefieder,

und jetzt singe ich freie Lieder!!!"

„Ich werde ich selbst, ich wandle mich."

„Bin neugierig, mutig und ewiglich."

„Liebe durchströmt mich bedingungslos

und macht mein Herz weit und groß."

Freiheit, Wahrheit, Liebe

diese drei formen die Wiege.

Diese drei formen das Licht, die Option

für eine friedliche Revolution!!!

Fuchs und Schmetterling

Irgendwann im Frühling stand sie vor seiner Tür. Einfach so, nach vielen Jahren ohne einander. Ob sie mal wieder etwas gemeinsam unternehmen wollen? Vielleicht schreiben oder telefonieren? Mit Angst im Herzen stellte sie diese Fragen, da die Antwort sehr ungewiss war. Der Mut war stärker. Ihre Seele strahlte vor Freude und gab ihrem Körper die Kraft zur Umsetzung des Wunsches ihn wieder zu sehen. Sie liebte das Gefühl der Einheit zwischen ihrer Seele und ihrem Körper. Freiheit und Licht durchrieselten sie dann. Seine Antwort kam unerwartet schnell und mit scheinbarer Lässigkeit. Gleichzeitig entdeckte sie, dass ihre Angst vollkommen unbegründet war. Natürlich hatte er Lust etwas zu unternehmen. Jetzt gleich, denn der Jahre waren schon zu viele vergangen. Die folgende Zeit war geprägt vom gemeinsamen Austausch. Kein „...weißt Du noch...?", sondern wirkliches Kennenlernen hier in der Gegenwart. Vergleichbar mit einer Reise ins Ungewisse. Als Gepäck waren vorerst Mut, Neugier und ganz viel Liebe dabei. Das erste Bild, das sie auf dieser Reise vor sich sah, war ein Fuchs. Aus ihrem Unterbewusstsein stieg es auf und wollte vom Geist klar umrissen werden. Er war scharfsinnig und gleichzeitig umgab ihn eine angenehme Leichtigkeit gemischt mit Besonnenheit. Gut zuhören konnte er und war manchmal um Antworten verlegen, in denen es um seine Gefühle ging. Er konnte kreative Ordnung schaffen und mit Bildern sein Inneres verdeutlichen. Der Fuchs war treu und konnte den Menschen, die ihm nahe standen tief ins Herz sehen Vieles entdeckte sie bisher auf dieser Reise. Weniger im Außen, vielmehr in sich selbst. Und auch er entdeckte Neues. Das Bild des Mädchens von damals musste überholt werden. Wollte in Einklang gebracht werden, mit der Frau die vor ihm stand.

Im ersten Moment war der Austausch mit ihr heiter und leicht. Wie ein leises Anklopfen, um Stimmungen und Ahnungen abzuwägen. Im weiteren Verlauf stellte sich heraus, dass sie einige Erfahrungen gesammelt hatte, über die sie offen redete oder tief in sich verbarg. Auch Ängste zeigte sie, mit denen er manchmal aus Unwissenheit schwer umgehen konnte. Doch bei jedem Treffen öffnete sie sich ein wenig mehr. Und bestärkte ihn damit, auch in sich selbst tiefer hinein zu blicken. Die starken früheren Gefühle halfen ihm bei diesem Sprung ins Ungewisse. Sie waren in ihrer Isolation stark geworden und rissen ihn nach ihrer Entfesselung mit. Wie eine riesige Welle, die nach und nach verebbte und so den Weg frei machte für die Liebe. Und da Liebe Unabhängigkeit und Freiheit braucht um zu leben, stieg aus den Tiefen seiner Seele das Bild eines Schmetterlings auf. Eines Tages kamen sie beide in eine bergige Landschaft. Die Sonne ergoss sich hell und warm in ein schmales Tal. Der einzige Weg schien durch dieses Tal zu führen. Es lag verwaist und wirkte, trotz der Sonne, kühl und distanziert. Sie fasste Mut und ging einige Schritte voraus. Er folgte ihr zögerlich und wirkte unsicher in seinem Gang. Diese Seite an ihm war neu für sie. Trotzdem lockte sie ihn weiter. Ihre Seele wusste, dass dieser Weg richtig war und jetzt gemeinsam begangen werden konnte. Hin und wieder hielt sie an und wartete, bis er wieder auf Augenhöhe war. Ihre Aufmerksamkeit war auf ihn gerichtet, als sein Gang plötzlich stockte und er sich umwandte um zurück zu gehen. Sie erschrak. Was war geschehen? Einen kurzen Moment spürte sie, was er spürte. Waren sein Herz und ihr Herz eins. Wie viele Schläge pulsierten sie gemeinsam? Eine namenlose Angst nahm ihn gefangen. Sie schien sehr alt zu sein und hatte sich lange in einer kalten Gruft versteckt. Da ihm die Worte mangelten sie zu benennen, ist sie vermutlich in einer Zeit entstanden als ihm der Wortschatz für diese Beschreibung noch fehlte. In seinem Herzen sah sie das Tal. Der Weg der noch vor ihnen lag. Es war dunkel geworden.

Nur Schemen ließen sich ausmachen, da eine schwarze Wolke die Sonne verbarg. Auf dem Grund des Tales wälzte sich ein riesiger Drache. Er war alt und dunkelgrau. Seine schuppige Haut war stumpf und seine Augen blickten ohne Glanz. Er schien sehr tief verletzt worden zu sein. Und diese Verletzung quälte ihn schon lange Zeit. Interessiert ging sie dem Drachen entgegen. Der eigene Schreck klang noch in ihrem Herzen nach. Und gleichzeitig empfand sie Mitgefühl mit diesem verletzten Wesen. Was konnte ihm zugestoßen sein? Was hatte ihn so sehr verletzt und seine Freude am Fühlen genommen? Vieles war unklar. Vielleicht half ein Blick in die Augen und eine sanfte Berührung? Als sie es versuchte, schlug ihr Herz bis zum Hals. Was ist wenn der Drache beißt? Oder sich abwendet? Sie musste es riskieren. Sie musste mit ihrem Begleiter durch dieses Tal und der Drache war eine Aufgabe, die es zu lösen galt. Sie wandte sich ihrem Begleiter zu. Er hatte den gleichen Ausdruck angenommen wie der Drache. Ihr wurde bewusst, dass es ihm besser gehen würde, wenn der Drache „besiegt" ist. Die Berührung mit dem Drachen war tief und intensiv. Ihr war, als hielte sie sein Herz in ihren Händen. Sah es pulsieren, spürte die Wärme und den Wunsch nach Befreiung. Sie legte es an ihre Brust, wiegte es sanft und gab dem Herzen so die Geborgenheit und den Schutz, den es brauchte um zu wachsen und frei zu werden. Die Berührung dauerte vier oder fünf Atemzüge und doch erschien es ihr wie eine Ewigkeit. Im Augenblick des Loslassens geschah etwas Wunderbares. Der Himmel begann zu glühen. Die Sonne ging wie ein riesiger Feuerball über dem Fluss unter. Das Tal war von einem orange-roten luftigen Meer überflutet. Schatten traten schwarz hervor und spiegelten sich im Wasser des Flusses. Die Farben des luftigen Meeres brachen sich an den Wänden der Berge. Der Himmel über der untergehenden Sonne war weit geöffnet. Lud ein, sich vom Alten zu befreien, es untergehen zu lassen. Lud ein, es dem Feuerball gleich zu tun.

Vor ihren Augen verwandelte sich der Drache in einen blauen Vogel. Sein Gefieder glänzte in unzähligen blauen Schattierungen. Stolz erhob er seinen Kopf und ordnete sein Gefieder durch ein sanftes Erschauern. Er breitete seine Flügel aus. Majestätisch und Erhaben sah er in dieser Stellung aus. Genoss die letzten Strahlen der untergehenden Sonne und schwang sich mit einem durchdringenden Schrei hinauf in den goldenen Himmel. Ein neues Leben war geboren. Ihr Begleiter trat nah zu ihr. Sah sie mit sanften, liebenden Augen an. Sie hatte den Eindruck, dass es auch für ihn ein neuer Anfang war. Er hatte einen alten, riesigen Drachen besiegt.

Die Löwin

Sie liegt in der Sonne. Heiß ist der Tag. Seit Tagen ist sie ohne Nahrung. Dadurch ist sie unruhig und kann sich schlecht konzentrieren. Ihre Gedanken schweifen ab. Drehen sich im Kreis. Hin und wieder geht sie zum Fluss hinunter um zu trinken. Das kühle Wasser in ihrem Maul zu spüren. Es beruhigt sie für einen kurzen Moment. Wenn es ihre Kehle hinunterfließt. Den unerträglichen Kloß im Augenblick des Schluckens mit sich hinabzieht. Kurz darauf ist der Kloß wieder da. Sie hat den Eindruck, dass er nach jedem Trinken größer wird. Größer wird, wie das Loch in ihrem Magen. In der Kehle der Kloß, im Magen das Loch. Wie kann der Kloß ihren Magen füllen? Sie trottet in den Schatten. Der Baum unter dem sie liegt, weiß wie er sich Nahrung beschafft. Er gräbt seine Wurzeln tief in den Boden. Feine Wurzeln, zart und weich. Und gleichzeitig stark genug um sich in das feste Erdreich zu schieben. Manchmal wünscht sie sich ein Baum zu sein. Diese Lebensform erscheint ihr einfacher als ihre. Der Baum trägt das Geheimnis des Lebensflusses in sich. Das Leben in ihm ist weich und fließt. Ihr eigenes Leben kommt ihr vor wie ein Kampf. Immer häufiger ist es ihr schon gelungen sich zu ergeben. Sich dem Fluss des Lebens hinzugeben. Das ist ein schönes Gefühl. Voller Vertrauen und Zuversicht. In diesen Momenten weiß sie, wie sich der Baum fühlt. Dann ist sie mit ihm verbunden. Was bringt der Tag heute? Sie sammelt ihre Kraft und wünscht sich, dass ihr Hunger gestillt ist. Jetzt. Sofort. Es ist eine Frage der Konzentration. Sammeln und mit der gesammelten Energie den eigenen Körper beherrschen. Sie öffnet die Augen und sieht wie der Horizont flimmert. Eine Bewegung im Flimmern. Die Umrisse sind durch das Flimmern noch verzerrt. Die Bewegung nähert sich. Eine Figur zeichnet sich ab.

Die Figur ist gebückt. Ihr fehlt der aufrechte Gang. Das sieht sie sofort. Denn alles, was gebückt ist, ist leichter zu erbeuten. Die Figur kommt näher. Ihre Augen beobachten. Prüfen ob es die Nahrung ist, die sie jetzt braucht um ruhiger zu werden und sich wieder konzentrieren zu können. Sie versteckt sich im Schatten des Baumes. Legt sich auf die Lauer. Die Figur kommt weiter auf ihren Baum zu. Will sich auch, genau wie sie selbst, am Wasser des Flusses laben. Genau wie sie selbst ihren Hunger stillen. Ihre Augen haben genug gesehen. Haben alle Informationen an das Gehirn weitergeleitet. Die Auswertung des Kopfes ergab, dass Kraftaufwand und die Aussicht auf Erfolg in einem ausgeglichenen Verhältnis stehen. Jetzt spürt sie, wie der Kopf die entsprechenden Daten an ihre Muskeln aussendet. Fühlt die Spannung in ihrem Körper. Die Konzentration auf den einen Sprung, das eine Ziel. Spürt, wie sie im Sprung eins wird mit dem Ziel. Ihr Körper trifft auf die Gestalt. Weich ist der Körper auf dem sie landet. Entspannt und ruhig. Erst als sich ihre Krallen in das weiche Fleisch graben, stechend, kraftvoll und fest beginnt die Gestalt zu zittern. Beginnt sich zu winden. Sie liegt mit ihrem ganzen Gewicht auf dem Rücken der Gestalt. Ihre Krallen bohren sich in die Schultern und Oberschenkel der Gestalt. Sie hält die Figur fest. Hört die Schreie und das Stöhnen. Ihr Maul öffnet sich. Speichel tropft von den Zähnen auf das weiche Fleisch des Nackens. Ein gewaltiger Nacken, der viel Abfall gespeichert hat. Ein Nacken, dem es schwer fällt loszulassen. Das ist die Nahrung, die sie braucht. Der gespeicherte Abfall. Ihr Körper wird diesen Abfall in Energie umwandeln. In Energie für ihren Körper und in Feuer für ihre Seele. Die Bilder des Lebens der Gestalt ziehen durch ihren Kopf. Ja, das erregt sie. Gibt ihr Mut und Kraft für den Biss. Ihre Zähne schlagen in das weiche Fleisch ein. Dieser erste Biss ist wie eine Erlösung. Sie spürt die Lust, die sie wie eine Welle durchfließt. Es ist ein Ergeben in diese Lust Die Hingabe an den unter ihr zappelnden Körper. Jeder Bewegung spürt sie nach.

Erst die groben schlagenden Bewegungen die es gilt abzufangen. Langsam kehrt Ruhe in die Gestalt ein. Die Schreie werden zu einem Stöhnen. Sie schließt ihr Maul ein wenig. Erhöht den Druck des Bisses. Dadurch spannt sich das Fleisch in ihrem Maul. Ihre Zunge beginnt mit der Haut in ihrem Maul zu spielen. Beginnt, die Haut zu liebkosen. Der Körper unter ihr beginnt zu zucken. So, wie kurz vor dem Einschlafen. Warm ist das Blut in ihrem Maul. Endlich reißt sie das erste Stück aus dem Nacken heraus. Der Geschmack des Blutes, gemischt mit dem Geschmack des Fettes und des Fleisches. Der Duft von Kupfer, der um sie herum ist. Tief atmet sie ihn ein. Blut, das auf ihr Fell tropft. Am Körper der Gestalt herunterfließt. Köstlich. Nach so langer Zeit ist es wie eine Explosion in ihrem Maul. Ruhig und bedächtig kaut sie diesen ersten Bissen. Zermalmt und massiert mit Zähnen und Zunge die Muskelfasern bis sie weich sind. Ihre Kehle empfängt den Brei aus Fleisch. Schiebt ihn langsam in die Speiseröhre. Sie folgt dem goldenen Brei. Glück breitet sich aus vom Hals abwärts, an ihrem Herzen entlang bis zum Eingang ihres Magens. Das zähflüssige Gold benetzt die Magenschleimhaut. Beruhigt. Schenkt Wärme und Zufriedenheit. Schenkt gelbes sonniges Licht. Ein kleiner Rest des ersten Happens bleibt in ihrer Mundhöhle zurück. Ist dort zu spüren wie vollkommenes Ausgefülltsein und tiefe Befriedigung und hinterlässt den Wunsch nach mehr. Mit jedem Stück Fleisch, das sie auf diese Art zu sich nimmt, wird ihr bewusster, das in ihrem Körper oben und unten gleich sind. Das Oben und unten die gleichen Empfindungen verspüren, die gleichen Bedürfnisse haben, von den gleichen Impulsen geleitet werden. Sie liebt diese Sinnlichkeit. Die Eroberung, das Entflammen, das Ausleben ihrer Hingabe, die sanfte Mattigkeit danach. Sie schleppt den mittlerweile leblosen Rest des Körpers in den Schatten ihres Baumes. Fliegen setzen sich auf das Fleisch. Teilen das Mahl mit ihr. Ob die Fliegen die Aufnahme der Nahrung genauso empfanden wie sie? Vermutlich. Sie döst vor sich hin. Es wird Abend.

Der Mond steht sichelartig am Himmel. Er nimmt zu. Genau wie sie selbst. Nahrung wurde ihr heute geschenkt. Dafür ist sie dankbar. Verneigt sich innerlich in Demut vor dem, das größer ist als sie selbst.

Strandgut

Leichte Wolkenfäden umspielen den vollen Mond. Das Mondlicht streichelt sanft die zarten Meereswellen. Die Luft über dem Wasser ist mild und duftet nach Salz und Seetang und vereint sich an Land mit dem Atem der Erde und dem Leben auf ihr. Den Tag über war er im Wald in seiner Höhle. Sie bietet Schutz um auszuruhen und schenkt seinem Körper Kühle, jetzt unter der heißen Sonne. Gegen Abend wird er unruhig. Wittert den liebreizenden Duft des Meeres, der auf warmen erdigen Wellen bis zu seiner Höhle vordringt. Er reckt seinen Kopf und wittert den leisen Hauch. Seine Ohren sind gespitzt und sein Maul leicht geöffnet um den lockenden Atem der Natur intensiver wahrzunehmen. Er ist hungrig nach diesem Duft. Der Hauch weckt ein tiefes Verlangen in ihm und er leckt sich die Zähne. In der Höhle wandert er auf und ab und wagt sich schließlich hinaus in die Nacht. Der geheimnisvolle Duft zieht ihn zum Meer. Von weitem hört er das leise Rauschen der Wellen, die das Ufer mit immer wieder kehrenden neuen Spielen reizen. Wunderbares Strandgut hinterlassen die Wellen im Sand. Das Meer schöpft aus seiner unendlichen Tiefe und zaubert kostbares Treibgut aus seiner eigenen Mitte. Es übergibt es den Wellen und diese schwämmen es an das Ufer. Damit es dort bei Licht beachtet und bewundert wird. Schon oft stand er hier am Strand und bestaunte dieses Wunder. Tief in seiner Seele sieht es ähnlich aus. Seine Seele ist das große, weite Meer, Verborgene Schätze liegen tief in ihr verborgen. Viele über die Jahre verschüttet, weil ihn diese Schätze sehr verletzt hatten. Andere waren leichter freigespühlt. Sie hatten weniger tiefe Narben in ihm hinterlassen. Und auch sein Seelenmeer übergibt diese Schätze den Wellen seines Körpers. Den subtilen Energiewellen in ihm, damit er sich seine Schätze, dunkle und helle, genau ansieht.

Einiges sieht er sich gern an. Betrachtet es mit Liebe und Wohlwollen. Anderes sieht er missmutig, teilweise mit Hass oder Ekel an. Und doch sind alle Teile dieses großen Schatzes wichtig, denn diese Teile sind er selbst. Und er freut sich auf den Tag, an dem er alle Schatzpuzzleteile eingesammelt hat und sich selbst in diesem großen Bild, in diesem großen Schatz erkennt. Diese Gedanken geben ihm Kraft und Ausdauer bei seiner eigenen Schatzsuche. Heute Nacht ist er also hier am Strand. Er lauscht. Hat den Eindruck, das Meer würde ihn rufen. Locken. Eine leichte Glut entflammt sich in seiner Mitte. Der Duft und das beruhigende Rauschen vereint mit dieser nächtlichen Sanftmut ziehen ihn an. Das Meer lässt einfach geschehen. Es nimmt ihn an, so wie er ist. Wird es ihn auch aufnehmen, so wie er ist? Er spürt eine ungekannte Wildheit in sich erblühen. Kraftvoll und ungehemmt bahnt sie sich einen Weg in seine Beine, Pfoten und Krallen. Ungeduldig läuft er am Strand auf und ab. Ist noch unschlüssig, wohin seine wilde Kraft ihn treibt. Er will alles ausprobieren. Dieser Wunsch nach Neuem, Unbekanntem und gleichzeitig diese ungezähmte Energie erregen ihn sehr. Seine leichte Glut ist zu einem strahlenden Feuer geworden. Seine Pfoten kratzen den Strand auf. Hinterlassen tiefe Kerben im weichen nachgiebigen Sand. Wasser läuft in die Kerben und benetzt seine Pfoten und Krallen. In diesem Moment nimmt er den Kontrast zwischen seiner starken, kraftvollen heißen Energie und der nachgiebigen, sanften kühlenden Energie des Meeres bewusst wahr. Der tiefe Wunsch nach Einheit wird in ihm wach. Langsam geht er in das Meer. Spürt, wie das Wasser ihn langsam in sich aufnimmt. Es liebkost seine Fußballen, seine Krallen und Pfoten. Küsst seine Beine und berührt die Spitzen seines Bauchfells. Die Lippen des Meeres berühren seine Mitte. Massieren sie sanft mit unzähligen kleinen Wellen und erregen ihn zutiefst. Ganz gibt er sich den Wellen und dem Meer hin. Taucht ein in die Geborgenheit und Wärme dieses gütigen Schoßes.

Genießt die Liebkosungen an seinem Fell, seinen Ohren, seinen Schenkeln, an seinem Maul. Seine Pfoten spüren den Meeresgrund unter sich. Er hat das Bedürfnis zu kratzen. Scharf und stark den Boden, der wie eine Haut wirkt, zu kratzen. Vielleicht auch zu beißen und mit seinen Pfoten darauf zu schlagen. Ist das Meer dann noch immer sanft und gütig? Wird es ihn weiterhin aufnehmen und gemeinsam mit ihm spielen? Tiefer gräbt er seine Krallen in den Boden. Hört er einen kurzen schmerzvollen Aufschrei? Seine Erregung steigt. Seine Schläge werden stärker, selbstbewusster und bestimmter. So, als würde er einer Arbeit, einer Berufung folgen. Er gibt sich ganz seinem Antrieb, seiner Kraft hin. Jetzt hört er die Schreie ganz deutlich. Sie klingen lustvoll. Sie klingen nach lustvollem Schmerz. In diesem Moment erkennt er, dass das Meer ebenfalls eine Seele hat. Er erkennt, was er bereits vermutet hat. Und auch diese Seele trägt, wie er, ihre eigenen verborgenen Schätze in sich. Viele über die Jahre verschüttet, weil es diese Schätze sehr verletzt hatten. Andere waren leichter freigespühlt. Sie hatten weniger tiefe Narben im Meer hinterlassen. Er spürt, dass seine Arbeit, seine Berufung darin besteht hier etwas freizulegen. Kostbares Strandgut zu heben und zur Heilung des Meeres beizutragen. Diese Einsicht durchflutet ihn plötzlich in warmen Wellen. Sein eigener Körper erzeugt diese Wellen und ergießt sich in goldenem weichem Glück. Die Wellen laufen durch ihn. Elektrisieren ihn unablässig und scheinbar zeitlos. Er spürt in sich hinein. Lässt sich vom Meer umarmen und leise wiegen. Einheit und grenzenlose Liebe durchfluten ihn. Endlos ist dieser Augenblick, in dem das Meer und er unter dem streichelnden Mondlicht einander nahe sind und gemeinsam dem leuchtenden Schweigen des Sternenhimmels lauschen.

Zu Dir

Dunkles Land betrete ich,
bin aus reinem Fühlen.
Schwarze Schwingen streifen mich
beginnen meine Seele aufzuwühlen.

Wo finde ich Dich, geliebtes Herz?
Zu lindern Deinen tiefen Schmerz.
Weiter zieht es mich tiefer hinab.
In ein dunkles verborgenes Grab.

Was ist hier vergraben?
Will an dem Schmerz sich laben?
Was gilt es zu finden?
Will sich dieser Tiefe entwinden?

Ein Licht bring ich Dir,
zu öffnen die Tür.
Zu freudigem Leben.
Zu machtvollem Streben.

Seelen (für G.)

Einsam bin ich hier!

Vielleicht glücklich mit Dir?

Vielleicht zufrieden mit mir?

Oder ist es Sehnsucht nach „wir"?

Vieles durcheinander!

Finden wir hindurch miteinander?

Finden wir dadurch zueinander?

Wachsen wir so aneinander?

Ich finde die Lösung, finde das Licht!

In mir selbst ist die Lösung, in mir selbst ist das Licht!

Will strömen! Will scheinen!

So dass sich unsere Seelen vereinen.

So dass sich all unsere Seelen finden!

Im gegenseitigen Empfinden.

Im gegenseitigen Spüren.

Ja, so lässt sich meine Einsamkeit fort führen.

Ich komme auf diese Erde

Ich komme auf diese Erde und bin reine unendlicher Liebe und Weisheit. Viele Leben lebte ich bereits und sammelte dabei unzählige Erfahrungen. Jetzt bin ich hier. Auf dieser Erde. In meiner Familie. Ich selbst wählte sie aus. Meine Familie, in die ich hineingeboren wurde. Ich selbst wählte diesen Weg. Ich kenne bereits mein ganzes weiteres Leben hier auf dieser Erde. Ich bin so glücklich hier zu sein. Meine Mutter zu schmecken, meinen Vater zu riechen, meine Geschwister zu tasten. Ich strahle vor Freude am Leben. Ja, hier gehöre ich hin. Hier ist mein Platz.

Rose (für D.)

Schön bist du, du sanftes Wesen,
kannst auch etwas stachlig sein.
Manchmal saust du auf dem Besen,
oftmals bist du zart und fein.

Im frühen Frühling beschneide ich dich,
zaubere deine Seele klar, rein und licht.
Sonnenstrahlen unterstützen mich,
umlegen dein Astwerk mit goldener Schicht.

Wärme, Liebe, Aufmerksamkeit,
sorgen in dir für wandelnde Zeit.
Für grünen bis dunkelroten Flor,
so dass jeder neue Lebenstrieb zaubert wunderbare Blüten
empor.

Über die Autorin

Beatrice Borchert (geboren im Juli 1978) ist Coach für spirituelle Persönlichkeits-entwicklung und freischaffende Künstlerin.

Sie entdeckte ihr Talent für das Schreiben und malen 2013 im Zusammenhang mit einer schweren Depression. Der künstlerische Ausdruck half ihr damals aus dieser seelischen Tiefe heraus und eröffnete ihr ihre inneren Schätze und ihr unbegrenztes Potential. Im Zusammenspiel mit Qigong bietet der künstlerische Selbstausdruck immer wieder neue Selbstentdeckung und Selbstentwicklung. Hin zu mehr Unabhängigkeit und Selbstbestimmung.

Solche individuellen Entwicklungswege und Erfahrungen wünscht sie auch anderen Menschen und schenkt mit ihren Geschichten und Bildern Möglichkeiten zum seelischen Wachsen.

Zeitfracht Medien GmbH
Ferdinand-Jühlke-Straße 7
99095 Erfurt, Deutschland
produktsicherheit@kolibri360.de